QUELQUES
OBSERVATIONS

A M. DESJARDINS,

ANCIEN RÉDACTEUR DU TRIBUN DU PEUPLE,

SUR SA BROCHURE

ADRESSÉE

A M. de Châteaubriant,

EN RÉPONSE A L'ÉCRIT

DE LA MONARCHIE ÉLECTIVE.

> « L'autorité des princes est moins
> » révolutionnaire que l'effervescence
> » des peuples. » *Page 7.*

Paris

CHEZ LES MARCHANDS DE NOUVEAUTÉS.

—

1831

QUELQUES

OBSERVATIONS

A M. DESJARDINS.

Si lors de son début dans le nouvel ordre de choses, M. de Châteaubriant se fût montré passionné pour la révolution de juillet, s'il eût accepté les exigeances du parti, qu'il eût donné tête baissée dans toutes les exagérations, dans toutes les volontés des meneurs; qu'il eût accablé de reproches et d'injures la race de nos Rois, qu'il eût appuyé de sa puissante parole le nouvel édifice, peut-être, Monsieur, votre esprit, tout acerbe qu'il est, lui accorderait-il quelque influence dans l'actualité politique.

M. de Châteaubriant déplore non qu'un peuple ait défendu ses libertés ; mais il s'attriste de l'ensemble des évènemens qui ont amené la grande crise, il signale des dangers ; il nous dit qu'une injustice criante était inutile, et qu'elle a ôté à la révolution son caractère légal ; il reste homme monarchique dans ses principes, et il ne sacrifie point légèrement des opinions réfléchies à de turbulentes passions. En résumé, prenant la généralité des circonstances, il croit que tout ce qui s'est passé est un malheur; tandis que vous, au contraire, vous signalez ces mêmes évènemens, ces mêmes causes, ces mêmes effets , comme un élan que prend la France vers la prospérité et le bonheur. Dès ce moment, votre plume étincelant de haine, trace un anathème contre un homme que vous craignez peut-être de voir rentrer dans la carrière politique, et vos raisonnemens tous puisés dans le côté ridicule que tout peut offrir ici bas, produisent, par cela même, un médiocre effet sur la droite raison.

Et d'abord, vous attaquez les préjugés de naissance. C'est mettre bien bas un homme comme M. de Châteaubriant, que de le supposer soumis à l'influence de la cour, pour tout ce qui est du ressort politique. Le respect à un Roi et à sa dynastie (commandé d'ailleurs par la constitution) peut se concilier, même chez un homme ordinaire, avec la vénération qu'on doit aux lois et aux institutions de son pays; les préjugés sont de toutes les classes, et pourquoi admettre qu'ils soient tous bons d'un côté, et tous mauvais de l'autre? Comment nous persuaderez-vous qu'un homme, aussi moral et aussi éclairé que M. de Châteaubriant, soit précisément celui qui, entre tous les hommes, gémisse le plus sous le poids des préjugés?

Le véritable préjugé est, ce me semble, celui qui ne sait jamais détacher un homme de son nom et de sa position, et qui veut tout expliquer avec de la haine ou de l'envie.

Le sentiment qui chez vous, Monsieur, domine tous les autres, qui sert à la fois de base et d'enveloppe à tous vos argumens, est une profonde admiration pour le pouvoir populaire. Vous le présentez comme un dogme sans lequel il n'y a point de salut politique, et vous vous hâtez de recevoir le néophyte, avant qu'il ne vous demande l'explication de certains mystères.

Cependant, en cherchant avec bonne foi, nous trouverons qu'il est sorti plus de maux de la puissance populaire que du pouvoir royal légitime. Parmi la longue série de nos rois, nous en comptons quelques-uns qui ont abusé de leur autorité, dans un tems où la civilisation n'avait encore opéré ses merveilles, ni sur eux, ni sur leur peuple, et pendant le court espace qu'il a plu à Dieu de livrer la France au pouvoir populaire, nous trouvons des *Danton*, des *Collot-d'Herbois*, des *Carrier*, des *Lebon*, tous intimes du bourreau, et qui ont fait couler plus de sang durant quelques mois, que la prétendue tyrannie de nos souverains n'en a répandu pendant huit siècles.

Parmi les empereurs romains, combien en comptons-nous qui, placés sur le trône par une populace et par une soldatesque effrénée, ont mis l'état au pillage pour complaire à leurs fauteurs?

Lorsque l'infortuné Louis XVI voulut se servir du *veto* que la puissance populaire lui avait accordé par la constitution, que trouva-t-il? dérision et outrage.

Lorsque les prisonniers furent massacrés par des brigands, qui en 92 se firent à la fois juges, témoins et bourreaux, ce fut encore le pouvoir populaire, car tout ce qui agit est un pouvoir de fait.

Lorsque ce même peuple vint au milieu de la Convention demander impérieusement vingt-deux têtes parmi ses membres, et attaquer ainsi l'inviolabilité de ses représentans, comme pour se punir lui-même.....

Lorsque ce peuple souverain traîna à l'échafaud un roi qui, tout en comprenant la nécessité de la révolution, conséquent avec lui-même et avec les principes de l'époque, ne voulait pas, après la chute de l'aristocratie de la cour, créer une aristocratie de cabaret.....

Lorsque...... Mais c'est assez de tristes souvenirs. Remarquez bien que la volonté du peuple est toujours tyrannique; car de quel droit une émeute de Paris doit-elle décider du sort de tout le royaume; où sont les pleins pouvoirs en vertu desquels toutes les villes et tous les hameaux du pays s'en remettent au discernement de la populace parisienne? Certes, prendre ainsi l'initiative, c'est de l'arbitraire pratique, s'il en fut jamais.

Les courtisans du peuple sont plus à craindre que ceux qui hantent la cour. Ceux-ci s'extasient sur la bonté, la grâce et l'esprit du prince, dans le but d'obtenir quelque mince faveur tout-à-fait en dehors des intérêts généraux; les autres remuent les esprits pour quelque grande entreprise, et pour passer du rôle de courtisans à celui de maîtres. Peuple, disent-ils sans cesse, tout est à toi, frappe, verse du sang!!!

Pénétré que je suis de ces vérités, je m'écrie : » *L'autorité des princes est moins révolution-* » *naire que l'effervescence des peuples!* »

A vous en croire, Monsieur, le *respectable,* le *considérable,* le *vénérable,* serait une réunion de conventionnels épelant leur *a, b, c,* pour trouver le nom d'une victime sous la férule d'un

Robespierre, en attendant que chacun à son tour pût faire le maître d'école.

L'*humble*, le *dépendant*, le *minime*, le *servile*, plusieurs millions de citoyens avec du bon sens, de la droiture, de l'instruction, du patriotisme, tendant les bras à *Lafayette* et à *Desjardins*, pour demander à ces hommes du miracle qu'ils accomplissent leur révélation.

Le *fort*, un échafaudage d'idées exagérées qui s'écrouleront peut-être sous le poids de leur propre absurdité, ou par le bruit des huées publiques, avec ou sans la présence d'un noble exilé.

La *souveraineté*, le pouvoir des journalistes qui s'est constitué sans mandat, et qui hurlant sans cesse contre des privilèges éteints, en a créé un monstrueux; j'entends le droit de mentir, de rançonner, de déchirer, d'exciter les citoyens les uns contre les autres, et de poursuivre partout l'indépendance et l'honneur.

La *paternité nationale*, l'amour des faiseurs qui aiment la France comme un méchant tuteur chérit une riche pupille. Sautez de Naples à Madrid, de Madrid à Paris, vous trouverez partout cette race constamment la même, ces professeurs de bonheur public qui veulent tout détruire, et remplacer ce qui est supportable par des espérances sanguinaires, des soulèvemens et des meurtres.

Vous croyez, ou plutôt vous feignez de croire que les barricades de juillet ont été élevées tout exprès pour établir votre séduisante république. Détrompez-vous, Monsieur; bien des gens à cette époque hasardèrent leur vie, mais nullement à votre intention. Ils voulaient conserver des libertés justement acquises, et ne pensaient même pas à expulser un enfant, certes bien innocent des ineptes ordonnances.

M. de Lafayette, sans mandat de la généralité de la nation, a oublié qu'il fait profession de s'appuyer sur l'opinion des masses; celle de Paris lui a suffi, et nous devons à ce Nestor des révolutions un ordre de choses laissant en dehors des millions de Français qui, malgré force beaux discours, en dépit de la docte brochure de M. Desjardins, ont encore la faiblesse de croire que *légitimité* est un mot qui en renferme beaucoup d'autres.

Et cette république sur laquelle vous revenez sans cesse, et qui vous cause tant de soupirs! est-il bien démontré qu'un gouvernement républicain doive être le résultat nécessaire de la civilisation? Ce point admis, est-il bien reconnu que nous soyons arrivés à ce degré de civilisation? Où sont vos Platon et vos Lycurgue? Nous donnerez-vous pour tels un tas de fous pleins de fiel et d'amour-propre, qui, riches par les travaux et par l'intelligence de leur père, sautent, de la boutique qu'ils abandonnent, dans un équipage élégant, affectent de faire fi des titres et des distinctions, tant qu'ils n'en ont pas; et qui, prêchant l'égalité entre les hommes, tutoient leurs gens, et les obligent à porter la livrée?

Seraient-ce quelques comédiens enrichis qui, loin de bénir le préjugé dont l'effet les empêche de redescendre, arrêtés par l'instinct social contre lequel ils guerroient, sont forcés d'être stationnaires; se débattent dans la nullité de leur importance, bien que, en dépit de leurs principes républicains, ils aient, en s'affublant de la particule nobiliaire, changé à la fois et d'état et de nom?

Seraient-ce ces gens qui s'imaginent avoir enfanté une merveille, lorsqu'ils proposent un gouvernement à bon marché, gouvernement impossible avec la perversité des hommes, et dont l'effet est de pousser à la prévarication les employés publics, ou de mettre les places entre les mains de gens trop riches, qui ne regardent plus l'accomplissement de leurs devoirs que comme un simple accessoire?

Seraient-ce ces vieux esclaves de l'empire qui,

courbés sous le despotisme, le préconisaient hautement, qui, à un signe du maître, auraient tout mis à feu et à sang ; qui se sont montrés soudain depuis 1815 comme enivrés de liberté. *L'empereur desire.* — *L'empereur veut.* — *L'empereur ordonne;* ce droit public en trois mots était pour eux une réponse à tout, et plus tard ces mêmes hommes appuyant autrement leur nouveau délire, sapant de toutes parts le trône constitutionnel, s'écriaient sans cesse en détachant un lambeau : *La France entière demande.* — *La France entière veut.* — *La France entière ordonne.*

Nos régulateurs seraient-ils ces autres insensés, dont la folie est du moins respectable, qui proclament : « *A chacun selon sa capacité; à chaque capacité selon ses œuvres* », oubliant que pour expliquer ces capacités, ce sera toujours à un homme ou à plusieurs hommes qu'il faudra s'en rapporter, et par conséquent retomber d'emblée dans l'erreur ou la mauvaise foi.

Cependant, si vous et les vôtres vous avez accaparé toutes les vertus, toute la sagesse, tous les talens; si ceux qui sont destinés à être vos administrés sont pénétrés pour vos mérites d'un saint respect et d'une sainte croyance; si, en fait de capacité et de grand caractère, nous voyons autre chose qu'un ivrogne menaçant du poignard le chef de l'État; si, en résumé, les hommes sont ce qu'ils devraient être; oh! alors faites, agissez; nous acceptons avec reconnaissance votre bienfaisante utopie, et votre république devient l'enfant gâté de chacun de nous.

Mais dans ce pays où il y a tant d'élémens anti-républicains, tant de démence, de brutalité, une si grande soif de places, de titres, de rubans et de richesses, votre république ne contenterait que des *meurt-de-faim* ou des fanatiques, et vous feriez, pour l'obtenir, de nouvelles plaies à la France, cette Niobé entre les nations, déjà passablement tenaillée par un premier essai.

Au reste, quoique notre gouvernement ne se définisse pas par le mot sonore de *respublica*, nous en sommes bien près par l'esprit de nos institutions. Le charme du mot n'y est pas, il est vrai; le président porte une couronne, mais votre imagination brillante peut arranger tout cela; « car, disait Montaigne, il faut ôter le masque aux choses comme aux hommes. »

Vous convenez, par respect pour la vindicte publique, que la convention est allée un peu loin; mais vous vous empressez de la justifier. « L'ennemi, *dites - vous*, était aux portes, la guerre civile à l'intérieur, les circonstances difficiles. »

Lorsque Louis XIV écrivait à un de ses généraux : « Si vous perdez la bataille, je traverserai Paris votre lettre à la main »; il ne songea pas à dresser des échafauds pour y faire couler le sang de ses sujets. S'il l'eût fait, seriez-vous aujourd'hui son défenseur ?

Cependant la France était attaquée de tous côtés, et derrière les armées se trouvaient des gens qui auraient aussi battu des mains au succès de l'étranger.

Vous dites, « *Eh! qu'importe ma réputation?* » cria 93 aux années, aux siècles qui devaient lui succéder ; « *Que la France soit libre, et que mon nom soit flétri!* »

L'inflexible raison n'admet point ces argumens, dont de vieux débauchés politiques peuvent seuls goûter la monstruosité.

Poser en principe que des circonstances difficiles peuvent tout excuser, c'est se faire *ipso facto*, l'apôtre des ordonnances, c'est se déclarer le défenseur officieux de tous les crimes, car un crime est presque toujours déterminé par une circonstance difficile. Où en sera un état, où en sera la civilisation, lorsqu'il faudra passer par le mépris pour arriver à la reconnaissance publique ?

« Qu'importe, dira un Charles IX, que mon nom soit voué aux reproches des siècles, pourvu que la France soit catholique, puisque le catholicisme seul peut faire son bonheur? »

« Qu'importe, dira un ministre ambitieux qui, sous prétexte de secourir un pays voisin, en aura pris possession, qu'importe que mon nom soit flétri, pourvu que je laisse à mes compatriotes un riche héritage? »

Non, ce code d'iniquités ne peut être admis, ni dans la vie politique, ni dans la vie privée; et sanctionner de pareils principes ne convient aux intérêts d'aucun parti.

Les excès commis par la Convention ont été funestes à la gloire et à la liberté de la France; à sa gloire, parce que Dumourier, qui avait arrêté les Prussiens en Champagne, qui avait envahi la Belgique, qui avait enlevé les redoutes de Jemmapes, Dumourier aurait continué à prêter aux armes françaises l'appui de sa valeur éclatante, si une juste horreur pour les instructions que vinrent lui donner les commissaires de l'affreux tribunal ne l'avait déterminé à émigrer.

D'autres bras valeureux, dévoués à la France,

mais non aux crimes du jour, firent alors divorce avec la patrie.

Les meurtres de la Convention ont été funestes à la liberté, parce que tant de sanglans excès firent de la liberté une tête de Méduse, et de là cette indifférence avec laquelle la nation se rangea sous le joug impérial.

Gardien rancunier de toutes les extravagances qui germent dans la tête des Jacobins, estimateur profond de toutes les démences populaires, conservateur de tous les regrets pour chaque goutte de sang échappée au couteau exterminateur de 93, mieux qu'un autre pourriez-vous nous dire, au nom de toutes les douleurs, qu'il est tems qu'on *oigne* le front des peuples du sacre du bon sens, afin qu'ils apprécient à leur juste valeur vos théories dévastatrices.

Hommes de vanité, vous aussi, vous flairez les oripeaux d'un pouvoir déchu; mais ces oripeaux sont les têtes fauchées par la convention, têtes que vous essuyez avec vos guenilles pour les rendre moins hideuses.

Non, il n'y a cœur français qui ne se soulève d'indignation, point de paupière qui ne s'humecte au souvenir de tant d'exécrables forfaits.

Le seul bien produit par la Convention a été
l'effet de son effroyable souvenir: après les jour-
nées de juillet, le parti victorieux, effrayé de
son propre succès, vit, avec effroi, qu'en échap-
pant à une prétendue tyrannie, il se trouvait à
deux pas de 93. Alors, on se hâta de créer un
pouvoir autour duquel, tout faible qu'il était, se
rallia la partie respectable et morale de la nation, tout ce qui avait combattu pour une liberté justement acquise, sans y mêler d'autres
pensées.

Ce fut alors que nous fûmes inondés par ce
déluge de mots : *illustre*, *héroïque*, *généreux*,
mots avec lesquels on brida les hommes sanguinaires qui, stupéfaits dans leur propre admiration, laissèrent organiser cette garde nationale,
encensée aussi, mais à plus juste titre, et digne
de la reconnaissance publique.

Quant à votre haine pour tout ce qui est
Bourbon, c'est une véritable monomanie, et
vous me rappelez ce mot de Sénèque : *nullum
ingenium sine mixturá dementiæ*. Partez de
1815 pour arriver à 1830, et dites-moi si la
prospérité de la France n'a pas été de plus en
plus évidente; je ne parle pas de cette prospérité qu'il faut chercher avec le microscope, qui

n'offre à l'observateur que des mots, de l'oisi-
veté et des lazzis de journalistes, mais bien de
cette prospérité colossale qui présente partout
la confiance, le mouvement et les grandes al-
lures du commerce.

Jugez sans humeur, sans passion ; isolez-vous
des individualités, mettez de côté votre aigreur
constante; placez-vous en présence des faits, sans
vous inquiéter par quelle dynastie le trône était
alors occupé ; enfin, jugez en homme, et par pu-
deur, vous daterez peut-être votre vieille haine
de l'époque seule des ordonnances, comme beaucoup d'autres le font aujourd'hui, par respect
pour la vérité.

Quant à l'esclavage dont vous nous parlez, je
n'en ai vu qu'un seul exemple; c'est celui de certains députés qui, pendant quinze ans, ont été
esclaves de leur haine contre les Bourbons. Nous
avons vu ces hommes nous jeter sans cesse à la
tête les mots homériques de *patrie, dévoûment,
gloire nationale, honneur*; nous les avons enten-
dus faire serment à une Charte qui consacrait
les droits du souverain et de sa dynastie, et
nous les avons vus dès le lendemain, attaquer ce
même souverain par tous les moyens possibles,
dans le but flagrant et avoué de le renverser.

Pendant quinze ans, ces hommes se sont institués les défenseurs de toutes les machinations, de tous les troubles, de toutes les conspirations; donc, pendant quinze ans ils ont violé la Charte, dans son esprit, dans ses conséquences, et ils ont insulté à leur propre idole! Aujourd'hui, ces mêmes hommes reconnaissent à quel prix ils ont assouvi leur haine; jouets de tous les partis, ils sont bafoués, débordés de toutes parts; ils tremblent pour leur fortune et leur avenir; leurs yeux se dessillent enfin, et le premier spectacle qui s'offre à leurs regards, c'est le gouffre dévorant qui va les engloutir avec la France.

Tel un cavalier qui après avoir longtems excité un coursier fougueux, le caresse, le flatte dans l'espoir de le calmer; vains efforts, desirs impuissans, l'animal indompté s'élance, il vole et tous deux disparaissent dans l'abîme.

Loin de nous à jamais ceux qui, dans la représentation nationale ne songent qu'à soumettre toute question politique à l'examen de leur haine ou de leur affection pour un gouvernement ou pour un ministre. Guérissons-nous de cette maladie d'individualité, incompatible avec l'indépendance et la bonne foi.

Et cette France que vous apostrophez avec tant de dédain; était-elle dans la boue, lorsqu'elle a rendu la paix à l'Espagne, en s'appuyant sur l'opinion réelle de ce pays? Y était-elle lorsqu'elle a répondu au cri des Grecs par le canon de Navarin ?.. Était-elle dans la boue, cette France, lorsque ses enfans se précipitant à l'envi sur le sable africain, plantèrent nos étendards sur les murs d'Alger ? Était-ce, je vous prie, pour de misérables intérêts de coterie ou de parti, que cette brillante expédition fut entreprise, ou bien pour les grands intérêts de l'humanité, du commerce et de la liberté? (1)

Cette dynastie, que vous outragez sans cesse, ne nous a-t-elle pas rendu bien des droits politiques que le 18 brumaire avait engloutis? N'est-ce pas elle aussi qui, à l'époque de la restauration a planté en France un nouvel arbre de liberté constitutionnelle pour remplacer celui que vous aviez fait périr en l'arrosant avec du sang !!!

Partout où il y a des hommes, se trouvent des abus; sous le dernier gouvernement, il y avait en effet trop de prêtres, de droit divin, même une certaine taquinerie de la part du pouvoir, d'accord, d'accord. Mais ces niaiseries n'atta-

---

(1) Entraîné par un sentiment de reconnaissance en me rappelant tout ces faits, j'oublie que M. de Châteaubriant s'est chargé de les éterniser par un trait de sa plume éloquente.

quaient guère que ceux qui allaient les chercher.

Nous n'avons point vu le trésor public mis à la disposition d'un particulier.

Certains hommes n'obtenaient pas des places à force de menaces et de dévergondage !

Des personnages sans talens, sans antécédens, ne prenaient pas tout-à-coup de l'importance dans l'État ; Enfin, les citoyens n'étaient pas inquiétés par des visites domiciliaires. Nous aussi, Monsieur, nous avons de la mémoire, et nous n'avons pas besoin de consulter la vôtre, toute troublée qu'elle est d'exagération, de haine et de théories.

Votre esprit généreux s'occupe aussi des autres pays : « Il faudra, dites-vous, illuminer les ténèbres de la Russie et de l'Autriche, et en sillonner les champs. » Mais par quel moyen éclairerez-vous ces contrées lointaines, avec vos feux moins lumineux qu'incendiaires ? Il y a des terres ingrates sur lesquelles l'ardent cultivateur sème en vain, et il existe des pays qui se soucient fort peu de révolution.

La Russie est peut-être moins malheureuse que la France, toute hérissée de partis, d'opinions et de haines. L'Autriche et la Prusse répondent à vos généreuses intentions par des huées, et par le spectacle de leur prospérité.

Avec cette fatuité politique qui distingue les

faiseurs, on assurait, il y a quarante ans, comme on affirme aujourd'hui, que les principes français pénétreraient partout; des fragmens de populations ont seuls justifié cette pompeuse annonce.

Les peuples se sont rencontrés; ils sont restés les uns avec leurs préjugés, les autres avec leurs prétendues lumières, et ces hordes que vous appelez barbares, et qu'on devait bouleverser avec un principe, sont venues deux fois à Paris, rendre au géant la visite qu'il leur avait faite *dans l'intérêt de la civilisation*; car c'était la phrase absurde du moment.

Ces barbares, après un séjour trop long pour tous les cœurs français, ont enfin repris le chemin du Nord, sans emporter un atôme de vos richesses révolutionnaires.

Quant à la Pologne, qui nous est chère à tous, c'est pour son indépendance qu'elle combat, et non pour le bonnet rouge dont vous voulez la coiffer. Ne vous y trompez pas, l'intérêt qu'elle inspire eût été bien autrement efficace, on aurait vu une question de liberté nationale pure et simple, tous les cœurs se seraient mis en émoi, si la sympathie et la solidarité de principes que vous avez voulu établir entre elle et vous n'avaient répandu une alarme générale. Votre intérêt l'a frappée de mort !!!

Et cette jeunesse française, sur laquelle il est convenu qu'il faut s'extasier et s'attendrir; quel est donc son rare mérite.?

En quoi l'emporte-t-elle sur la jeunesse des autres pays

Est-ce parce que son caractère particulier est de s'associer à tout acte de destruction, et cette couleur légèrement terroriste met-elle M. Desjardins sous le charme?

Sera-ce parce qu'elle nous rabâche sans cesse que, puisqu'il y a eu un roi qui s'appelait Tarquin, et un républicain qui s'appelait Brutus, tous les rois sont des Tarquin, et tous les républicains des Brutus?

Est-ce parce que, riche de son expérience de vingt ans, pleine de passions et de turbulence, elle se montre toujours prête à servir le tumulte du jour? Est-elle admirable, cette jeunesse, lorsqu'elle accable d'un superbe dédain la vieille expérience qui s'écrie : *Arrêtez, j'ai entendu, j'ai vu, j'ai souffert!*... En vérité, gardons les grands mots pour les grandes choses; ayons bon espoir de cette jeunesse, mais attendons ,pour l'encenser que, mûrie par l'étude, la réflexion et le tems, elle donne des hommes d'État dont la France puisse s'honorer. Trève, au nom du ciel et du bon sens, trève à tant de pompeuses épithètes!

Quant aux nations sur lesquelles vous vous apitoyez, Monsieur, laissons-leur à elles-mêmes le soin de leur propre bonheur; et ne renversons point trente prétendus tyrans, qui (malgré les nouvelles faites *ad hoc* par la grande fabrique) s'entendent mieux avec leurs peuples que nous ne nous entendons entre nous. Répétons-nous souvent, dans l'intérêt général de l'humanité, intérêt auquel il faut bien faire quelques sacrifices, que Lamarque ne pèse nullement sur Frimont, que Sabalkanski et Soult songent fort peu l'un à l'autre , et que ce n'est pas sur le czar que pèse Lafayette.

Gardons notre territoire, combattons pour notre indépendance; mais n'allons pas faire de la philanthropie armée chez nos voisins, et leur imposer, par le moyen du carnage, un gouvernement au nom de la liberté. Et puis, qui sait où est maintenant l'épée de Brennus, et dans quel camp se trouve la gloire des capitaines encore inconnus à la renommée?

Vos rêves à cet égard, vous, hommes tout d'imagination, pourraient bien être interrompus par une triste réalité.

La brillante épopée, cette muse de la tristesse, peut aussi chanter les douleurs de l'amour-propre.

Je n'ai pas répondu, Monsieur, à chaque article de votre pamphlet contre M. de Châteaubriant. J'ai voulu seulement en combattre l'esprit général : on peut, pour une bonne cause, se mettre en avant avec de faibles armes ; fort de la seule vérité, je n'ai pas craint d'opposer les faits et la raison au prestige de votre talent si remarquable.

Imprimerie de GOETSCHY, rue Louis-le-Grand, n° 35.